ふたごのカウボーイ

スロボドキン
けんきゅうじょ

ふたごのカウボーイ

フローレンス・スロボドキン＝文
ルイス・スロボドキン＝絵
小宮 由＝訳

アメリカのミシガンしゅうに、ネッドとドニーという、ふたごの男《おとこ》の子《こ》がすんでいました。ふたりは、にわで、カウボーイごっこをするのが大《だい》すきでした。

ある日《ひ》、ドニーがいいました。

「きょう、ぼくは、カウボーイのスティーブになる。ネッドは？」

「じゃあ、ぼくは、カウボーイのジムだ」

と、ネッドはこたえました。

「よし、ジム。いまから、おたずねものや、どうぶつを見《み》つけにいこう！」

ふたりは、にわのすみにある、大《おお》きな石《いし》にとびのると、どろぼうなどのおたずねもの、や、やせいのどうぶつがいないか、あたりを見《み》まわしました。

「ジム。ここ、オクラホマぼくじょうには、なにもいなそうだ。ぼうけんにでかけるぞ！」

と、ドニーがいいました。

ネッドとドニーは、にわから、とおりへでていきました。

とおりのかどまでくると、しんごうがあり、しんごうは、あかだったので、ふたりは、立《た》ちどまりました。

ネッドとドニーは、きょねんのたんじょう日《び》から、しんごうをまもれば、じぶんたちだけで、どうろをわたってもいいと、おかあさんにいわれていました。もちろん、ふたりは、ちゃんとやくそくをまもりました。しんごうがないどうろは、わたりませんでしたし、しんごうがあれば、あおになるまでじっとまって、わたるまえに、みぎとひだりをよくたしかめるのです。

ネッドとドニーは、みぎとひだりを見《み》てみました。

としとったうまが、にばしゃをひっぱりながら、ぽっくりぽっくりと、とおりすぎていきます。

しんごうがあおになりました。あとはなにもきていません。ふたりは、手《て》をつないで、いそいでどうろをわたりました。

どうろをわたるたびに、あたらしいぼうけんがはじまるのです。

ネッドとドニーは、しばらくまっすぐあるき、それから、かどをまがりました。すると、アーケードの商店街《しょうてんがい》につきました。そこは、おかあさんと、よく買《か》いものにくるばしょでした。

ふたりは、たまごうりばや、たまねぎうりばのまえをとおりすぎ、かぼちゃうりばと、いちごうりばのまえも、とおりすぎました。

それから、りんごうりばのまえまでくると、ふたりは立《た》ちどまり、大《おお》きなあかいりんごを手《て》にとって、おみせのおばさんにいいました。

「これ、くださいな」

（おかあさんは、おみせの人《ひと》に、いつもこういうのです）

「ありがとう。ふたつで十《じっ》セントです」と、りんごうりのおばさんはこたえました。

「あ、そっか……」ネッドとドニーはそういうと、見《み》つめあいました。

それから、りんごをもとのばしょにそっともどすと、そのままいってしまおうとしました。

それを見《み》た、りんごうりのおばさんがいいました。

「ちょっとまって。どうしたんだい？　おかねをもってないの？」

ふたりは、だまってうなずきました。

「おかあさんは、どこ？」

「おかあさんはいません。ぼくらだけで、ぼうけんしてるんだ」

と、ドニーがいいました。

「あら、ぼうけんしてるのね！」りんごうりのおばさんは、にっこりしていいました。

「そういうばあいは、とくべつ。ほら、もっていきなさい。おかねはいいから」

「ありがとうございます」

ネッドとドニーは、おれいをいって、またでかけようとしました。

そのとき、となりにいた、いちごうりのおばさんが声《こえ》をかけてきました。

「あなたたち、お名《な》まえは?」

「ぼくたち、カウボーイ」と、ドニーがいいました。

「そう、カウボーイなのね。それで、なんて名《な》まえのカウボーイ?」

「ぼくは、カウボーイのスティーブ」と、ドニーはこたえました。

「ぼくは、カウボーイのジム」と、ネッドもこたえました。

そうしてふたりは、いってしまいました。

「あれ？　おかしいわね」

いちごうりのおばさんが、りんごうりのおばさんにいいました。

「あのふたご、いつもおかあさんときてる子《こ》よねぇ。たしか、スティーブとか、ジムとかって名《な》まえじゃなかった気《き》がするんだけど……。なんて名《な》まえだったかしら？」

ネッドとドニーは、りんごをかじりながら、ぼうけんをつづけました。

ふたりは、ちがうとおりにでて、さらにあるいていきました。

すると、おとうさんが、はたらいているビルを見《み》つけました。ふたりは、町《まち》のほうまできていたのです。

そのとき、ビルから、しらないおじさんがでてきました。ふたりと目《め》があうと、にっこりほほえんで声《こえ》をかけてきました。

「やあ、カウボーイくん。おや？　見《み》たことあるかおだね。名《な》まえは、なんだったかな？」

「こいつは、カウボーイのスティーブ」
ネッドが、ドニーをゆびさしながら
いいました。
「こいつは、カウボーイのジム」
ドニーが、ネッドをゆびさしながら
いいました。
「あれ？　きみたちのおとうさんは、
ここではたらいてなかったかな？　た
しか、その人《ひと》のふたごは、スティーブ
とか、ジムとかって名《な》まえじゃなかっ
た気《き》がしたんだが……」

スロボドキン
けんきゅうじょ

ネッドとドニーは、またあるきだしました。すると、おみせがいくつもならんでいるとおりにでました。ふたりは、おみせのショーウインドウをのぞいてまわりました。

とつぜん、ネッドがさけびました。

「見《み》ろ、スティーブ！インディアンだ！」

にくや
くつや
しゅうりします

ネッドは、にくやさんのショーウインドウをゆびさしました。

「ほんとだ！　インディアンのはねかざりだ！」と、ドニーもさけびました。

ふたりは、にくやさんにとびこみました。ところが、インディアンはいませんでした。そこにいたのは、かなあみ小屋《ごや》にはいった、三《さん》ばの大《おお》きなターキーでした。

インディアンのはねかざりに見《み》えたのは、ターキーのおばねだったのです。

でも、ふたりはがっかりしませんでした。ほんもののターキーを見《み》るのも、たのしかったからです。

「ジム、いこう」ネッドは、にくやさんをでながらいいました。

「オクラホマぼくじょうへかえろうぜ。おなかへった！」
ふたりは、とおりのかどをまがり、はしって
いえへむかいました。
すると、とつぜん、目《め》のまえに大《おお》きなつのを
はやした、シカがあらわれました！
ちかよって見《み》てみると、それは、ほんもののシカではなく、て
つでできたおきものでした。それでも、ふたりは、めずらしそう
に、しばらくシカをながめました。
「よし、いこう。ジム」と、ネッドがいいました。「うまにのって、
オクラホマぼくじょうまで、きょうそうだ！」

ふたりは、うまにのったつもりになって、とおりをかけていき、またひとつ、かどをまがりました。

すると、あれ？　そこにあるとおもっていた、さっきのアーケードの商店街《しょうてんがい》がありません。まわりのいえにも、見《み》おぼえがありませんでした。

ふと、足《あし》もとを見《み》ると、ドニーは、すなだまりに立《た》っていました。

「おい、スティーブ。どうやらおれたちは、ひろいさばくで、みちにまよったらしい」ドニーは、すなをけりあげながらいいました。

「ジム、そんなことはない」と、ネッドがこたえました。

「こっちにいけば、オクラホマぼくじょうだ。こいよ。こんどはおい、たずねものが見《み》つかるかもしれないぜ」

と、そのとき、ネッドの手《て》に、ピチョンと、雨《あま》つぶがおちてきました。

「あっ、あらしがくるぞ！　そうだ、あの山《やま》にのぼって雨《あま》やどりをしよう」

ネッドはそういって、しらない人《ひと》のいえをゆびさしました。

ネッドとドニーは、そのいえの、げんかんへとつづくかいだんを、山《やま》にみたててのぼっていきました。

それからこしをおろすと、げんかんのまえのやねの下《した》で雨《あま》やどりをしました。

そのころ、ネッドとドニーのおかあさんは、いえでおひるごはんのブルーベリーパイをやこうとしていました。パイをちょうどオーブンにいれようとしたとき、リリーンと、でんわがなりました。

でんわは、さいきん、ひっこしてきたばかりの、おむかいの人《ひと》からでした。

「あ、グレイさんですか？」と、おむかいの人《ひと》はいいました。

「あの、とつぜんですが、おたくのぼうやたち、まいごになっておられません？」

「いいえ。どうしてです？」と、おかあさんはこたえました。

「さっき、わたしの母《はは》からでんわがあったんです。母《はは》は、町《まち》のほうにすんでるんですけど、いま、母《はは》のいえのげんかんのまえに、ふたごのきょうだいがすわってるっていうんです。スティーブとジム、という子《こ》らしいんですけど」

「あら、それはうちのふたごじゃありませんわ。うちの子《こ》は、ネッドとドニーといいますの。それにふたりは、ちかくのジェイニーという子《こ》のにわで、あそんでいるはずですから。わざわざ、おでんわくださって、ありがとうございました」

おかあさんはそういって、でんわをきりました。

そのあと、おかあさんは、やさいを買《か》いに、アーケードの商店街《しょうてんがい》へでかけました。商店街《しょうてんがい》につくと、りんごうりのおばさんに声《こえ》をかけられました。

「あっ、おくさん、ごぞんじ？　ここらに、おたくのぼうやとおなじとしごろの、ふたごの男《おとこ》の子《こ》がいるって。たしか名《な》まえが、スティーブとジムっていうの」

「ええ、しってるわ」と、おかあさんはこたえました。

つぎに、いちごうりのおばさんに声《こえ》をかけられました。
「あっ、おくさん。さっきわたし、おたくのぼうやとそっくりのふたごを見《み》たのよ。たしか名《な》まえは……」
「スティーブとジム、でしょ？」おかあさんは、わらってこたえました。
「その子《こ》たちのことなら、わたしもきいたわ」

おかあさんが、やさいを買《か》ってきいえにかえると、おとうさんがおひるごはんをたべに、かいしゃからもどってきました。

「そういえば、きょう、ぼくのかいしゃの人《ひと》が、スティーブとジムとかいう、ふたごの男《おとこ》の子《こ》にあったらしいよ」と、おとうさんはいいました。

「どうも、うちの子《こ》たちと、おなじとしごろみたいなんだ」

「ええ、わたしもきいた」と、おかあさんはいいました。

「いつか、ネッドとドニーが、そのスティーブとジムって子《こ》たちに、あえたらいいわね」

「ところで、うちの子《こ》たちはどこだい？　雨《あめ》がふってきたよ」

「むかえにいってきましょうか。あの子《こ》たち、ジェイニーとあそんでいるはずですから」


ところが、おかあさんは、しんぱいそうなかおで、ジェイニーのいえからもどってきました。

「あの子《こ》たち、ジェイニーのいえにいってないんですって。ジェイニーは、あさからあってないっていうの。あの子《こ》たち、どこへいったのかしら？」

「まあ、じきにかえってくるよ」

おとうさんは、しんぶんをひらきながらいいいました。

それからしばらくたっても、ネッドとドニーは、かえってきませんでした。

そこでおとうさんは、とおりにでて、あちこちさがしてみましたが、ふたりは、どこにもいませんでした。

おとうさんがいえにもどってくると、おかあさんは、ふあんそうなかおで、まどのそとをながめていました。

「雨《あめ》がひどくなってきたわ。町《まち》のほうにいるっていってたスティーブとジムって子《こ》たちも、だいじょうぶかしら……」

おかあさんは、しばらくまどのそとをながめていましたが、とつぜん、タンッと足《あし》をふみならすと、おもいたったかのように立《た》ちあがりました。

「とにかくなにかしなきゃ。まず、スティーブとジムって子《こ》たちが、だいじょうぶだったのか、きいてみましょう」

おかあさんは、さっきでんわをくれた、おむかいの人《ひと》にでんわをして、おむかいの人《ひと》のおかあさんの名《な》まえと、でんわばんごうをききました。

おむかいの人《ひと》のおかあさんは、ヤングさんといいました。

おかあさんは、さっそくヤングさんにでんわをしました。

「あ、ヤングさんのおたくですか？」

と、おかあさんはいいました。

「おたくのげんかんのまえにいる、ふたごの男《おとこ》の子《こ》について、ちょっとおうかがいしたいのですが」

「もう、げんかんのまえにはいませんよ」と、ヤングさんはいいました。

「あら。では、いま、どこに？」

「うちのあたたかいだいどころにいますわ。雨《あめ》のなか、ずっとそとにほうっておけませんもの」

「そうですか。それでヤングさん、じつは、うちにもふたごがおりまして、そのふたりが、どうやらまいごになったみたいなんです。うちの子《こ》は、ネッドとドニーというんですが、そこにいる子《こ》たちは、ネッドとドニーという名《な》まえじゃないんですね？」

「ええ、あなたのふたごじゃないとおもいますよ。だって、この子《こ》たち、じぶんたちの名《な》まえは、スティーブとジムって、いってますからね。それに、オクラホマにすんでるって。たぶん、この子《こ》たち、オクラホマからミシガンへ、あそびにきたんじゃないかしら。ですから、あなたのお子《こ》さんじゃないと……」

「オクラホマ!?」とつぜん、おかあさんはさけびました。

「ヤングさん、いま、オクラホマって、おっしゃいました？　それで、その子《こ》たちの名《な》まえは、スティーブとジムっていうんですね？　ヤングさん、そのスティーブとジムって、あおいジャケットに、あかいカウボーイハットをかぶってません？　あら！　いま、その子《こ》たち、ちかくでカウボーイのうたをうたってます？」

「え、ええ。たしかにあおいジャケットに、あかいカウボーイハットをかぶってますよ。それにいま、カウボーイのうたをうたってますが、それがなにか……」

「それ、うちの子《こ》です！」と、おかあさんはさけびました。

「どうしてです？　だって、ネッドとドニーという名《な》まえじゃないですし、オクラホマにすんでるって、いってるんですよ？」

でも、おかあさんは、それいじょうなにもこたえず、ヤングさんのいえのじゅうしょをきくと、

「どうか、そのままおまちください。すぐにそちらへまいりますから」といって、でんわをきりました。

おかあさんは、おとうさんにいいました。

「ヤングさんのいえまで車《くるま》でいきましょう。うちの子《こ》たちは、そこよ」

おとうさんは、おかあさんのあとをおいかけながらいいました。

「でも、その子《こ》たちは、スティーブとジムっていうんだろ？　オクラホマにすんでる」

おかあさんは、わらってこたえました。

「まあ、まあ。いいから、ついてきて」


おとうさんとおかあさんが、ヤングさんのいえにつきました。そして、だいどころをのぞいてみると、そこにいたのは、やっぱりネッドとドニーでした。

ふたりは、ちょうど、ぎゅうにゅうをのんでいるところでした。

「あれ！　ネッドとドニーじゃないか！」と、おとうさんはさけびました。

ふたりは、いすからとびおりると、わらいながらおかあさんとおとうさんのもとへはしっていきました。

「もちろん、ぼくたちは、ネッドとドニーさ！」と、ふたりはさけびました。

ヤングさんは、なにがなにやら、ちんぷんかんぷんといったかおでいいました。

「でも、さっき、オクラホマにすんでるって、いってなかった？　それに、じぶんたちは、スティーブとジムだって」

「ぼくらは、カウボーイのスティーブとジムさ」と、ネッドがいいました。

「ヤングさん」と、おかあさんはいいました。

「ネッドとドニーは、いつだって、じぶんたちの名《な》まえをただしくいえますし、すんでいるところがどこかってことを、ちゃんとしっていますわ。でも、こと、カウボーイごっこをしているときだけは、じぶんたちは、オクラホマぼくじょうにすんでいるとか、じぶんたちは、ゆうかんなカウボーイのスティーブとジムとか、ジャックとチャックとか、そんなふうになりきってしまいますの」

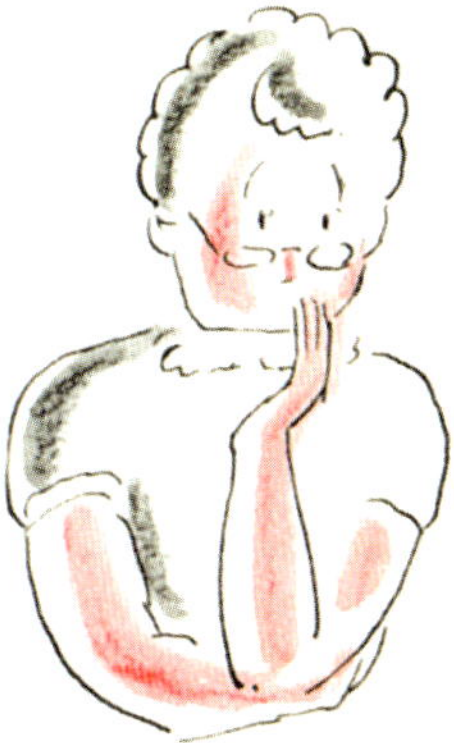

「あら、そうなの……」
ヤングさんは、そうこたえたものの、まだあたまがこんがらがったようなかおをしていました。

「ねえ、うちにかえろうよ。おなかへった」と、ドニーがいいました。

「この子《こ》たちのめんどうを見《み》てくださって、ほんとうにありがとうございました」

おかあさんが、ヤングさんにおれいをいうと、みんなでそろって「さようなら」と、あいさつをし、車《くるま》にのって、いえにかえりました。


それから、二《に》しゅうかんがたちました。きょうは、ネッドとドニーのたんじょう日《び》です。

あさ、ふたりは、じぶんたちのへやで、あたらしいカウボーイのいしょうを見《み》つけました。それは、おかあさんからのプレゼントで、プレゼントには、てがみがついていました。

そのてがみをおとうさんが、よんでくれました。

ネッドと　ドニーへ
たのしい　カウボーイの　ぼうけんは、
どうか　うちの　にわだけで。
おねがい！
おかあさんより

どうしておとなは「本を読みなさい」っていうの？

小宮《こみや》 由《ゆう》

父さんや母さんや学校の先生などから「本を読みなさい」といわれたことはありますか？　なぜ、おとなは、そろって同《おな》じことをいうのでしょうね？　ちょっと考えてみましょう。

そもそも、みなさんは、どうして本を読むのですか？　きっと「おもしろいから」ですよね。「おもしろいから本を読む」本を読む理由《りゆう》は、もちろん、これでじゅうぶんです。むしろ、それ以外《いがい》の理由《りゆう》で、本を読む必要《ひつよう》はありません。では、どうしておもしろい本を読みたくなるのかというと、ドキドキしたり、ワクワクしたり、ホッとしたり、いろいろな発見《はっけん》があったりするからではないでしょうか。物語《ものがたり》のなかでは、ふだんの生活《せいかつ》では、けっして起《お》こらないようなことがたくさん起《お》こりますからね。

さて、そうやって楽《たの》しみながら得《え》た経験《けいけん》は、その後、どうなるのでしょう？　じつは、あなたの味方《みかた》になってくれるのです。ふだんは、思い出さないかもしれませんが、あなたにうれしいことがあったり、ピンチなことがあったりすると、それまで読んできた本の登場人物《とうじょうじんぶつ》が、あなたの心の中で、いっしょになってよろこんでくれたり、助《たす》けてくれたり、励《はげ》ましてくれたりするのです。え？　いままで読んできた本なんて、おぼえていないですって？　たしかに、いまは、そう思うかもしれません。ですが、わすれてなんかいないのです。ぜんぶ心のどこかに残《のこ》っているんですよ。

その味方《みかた》になってくれるものを「心の友だち」と呼《よ》んでもいいかもしれません。心の友だちは、おとなになってからよりも、子どものころの方が多《おお》く作れます。ですからいまのうち、心の友だちをたくさん作っておくといいですよ。おとなになったとき、味方《みかた》になってくれる人が多《おお》い方がいいですものね。

父さんや母さんや学校の先生が「本を読みなさい」という理由《りゆう》は、じつは、そういうことだったのです。あなたを愛《あい》するあなたの身近《みぢか》なおとなの人たちは、いま、少しでも多《おお》くの心の友だちを作っておいてもらいたいと思っているのです。いつか、父さんや母さんが年《とし》をとって亡《な》くなってしまっても、学校を卒業《そつぎょう》して先生と会えなくなってしまっても、あなたが強《つよ》く、楽《たの》しく生きていけますようにと願《ねが》って「本を読みなさい」といっているんですよ。

さあ、このことは、すぐにわすれてもらってかまいません。でも、おもしろい本を、たくさん読んだ方がいい、ということだけは、わすれないでくださいね。図書館《としょかん》や図書室《としょしつ》や本屋《ほんや》さんには、あなたの心の友だちになってくれる本が、たくさん待《ま》っているのです。

（この文章は、公益社団法人全国学校図書館協議会の許可を得て『学校図書館』二〇一八年二月号に掲載されたものに、加筆修正して転載しました）

訳者：**小宮 由**（こみや ゆう　1974- ）

東京都生まれ。翻訳家。

東京・阿佐ヶ谷で家庭文庫「このあの文庫」を主宰。

祖父は、トルストイ文学の翻訳家 北御門二郎。

主な訳書に『ちいさなメリーゴーランド』『おうさまのくつ』『ねむれないおうさま』『あおいジャッカル』（以上、小舍刊）『さかさ町』「テディ・ロビンソン」シリーズ（以上、岩波書店刊）などがある。

ふたごのカウボーイ　2018年6月1日初版発行

作◆フローレンス・スロボドキン
絵◆ルイス・スロボドキン
訳◆小宮 由
デザイン◆井上 もえ
発行者◆井上 みほ子
発行所◆株式会社瑞雲舎
〒108-0074　東京都港区高輪 2-17-12-302
TEL 03(5449)0653/FAX 03(5449)1301
印刷・製本◆シナノ書籍印刷株式会社

NDC933 ／ ISBN 978-4-907613-21-1